不肯沉默的公雞！

卡門・阿格拉・狄地／文　尤金・葉爾欽／圖　柯倩華／譯

三民書局

♥IREAD

不肯沉默的公雞！

文　　字	卡門‧阿格拉‧狄地
繪　　圖	尤金‧葉爾欽
譯　　者	柯倩華

發 行 人	劉振強
出 版 者	三民書局股份有限公司
地　　址	臺北市復興北路 386 號 (復北門市)
	臺北市重慶南路一段 61 號 (重南門市)
電　　話	(02)25006600
網　　址	三民網路書店 https://www.sanmin.com.tw

出版日期	初版一刷 2018 年 7 月
	初版二刷 2021 年 5 月
書籍編號	S858501
I S B N	978-957-14-6385-8

Original title: The Rooster Who Would Not Be Quiet!
Text copyright © 2017 by Carmen Agra Deedy
Illustrations copyright © 2017 by Eugene Yelchin
All rights reserved. Published by arrangement with
Scholastic Inc., 557 Broadway, New York, NY 10012
Chinese translation right © 2018 San Min Book Co., Ltd.

獻給露比、山姆和葛瑞絲，

以及世界各地真正的公雞們。

——C.D.

獻給伊薩克和以斯拉。

——E.Y.

從前，

有一座小鎮，

從早到晚，

街上充滿著

各種聲音。

狗叫個不停，
媽媽們哼著旋律，
引擎轟隆隆，
噴水池嘩啦啦，
而且，人人都邊洗澡邊唱歌。

每個人，每件事，都有一首歌可唱。
讓拉巴斯成了一個很吵的地方，在這裡
不容易聽見。
不容易睡著。
不容易思考。
而且，沒有人知道該怎麼辦。

因此，他們罷免了鎮長。

現在，這是一個很吵而且沒有鎮長的小鎮。

於是，他們舉行了一場選舉。

只有佩佩先生承諾能帶給大家平靜和安寧。

他贏得了壓倒性勝利。

隔天，一條很客氣的法律出現在廣場上：

禁止在公眾場合大聲唱歌，
敬請合作。

情況好多了。

可是，很快就有越來越多的法律：

禁止在家裡大聲唱歌。

禁止~~在家裡~~大聲唱歌。

禁止~~在家裡大聲~~唱歌。

絕對安靜！立即生效！

直到……

拉巴斯這個
很吵的小鎮
終於安靜得
像墳墓一樣。

連茶壺也不敢
發出聲音。

有些人離開這個小鎮，邊走邊大聲的唱。
有些人留下來，學習小聲的哼。
而其他人就別說有多麼感謝能睡個好覺了。

過了非常安靜的七年。

有一天傍晚，一隻桀驁不馴的公雞悠悠哉哉的帶著全家
來到這個小鎮，棲息在一棵散發香氣的芒果樹下。

隔天早晨，當這隻公雞一醒來，就做了他生來要做的事。

他大聲的唱：

咯 咯 咯 咯！

他的運氣不好，這棵芒果樹就長在脾氣暴躁的
鎮長家的窗戶底下。
　　真糟糕。

　　「喂！你這傢伙！」佩佩先生大吼：「不准唱歌！
這是法律規定！」

　　「哦！多愚蠢的法律。」興高采烈的公雞說：
「聞聞這棵芒果樹甜美的香氣！我怎麼能不唱歌？」

　　「哼！那我就砍掉這棵臭樹！」佩佩先生氣呼呼的說：
「這樣看你還唱不唱？」

　　這隻堅定的公雞聳聳肩：「那我的歌可能會少了一點喜樂，
不過我還是會唱。」

　　　　　　　　　　　　　　　　他真的這麼做。

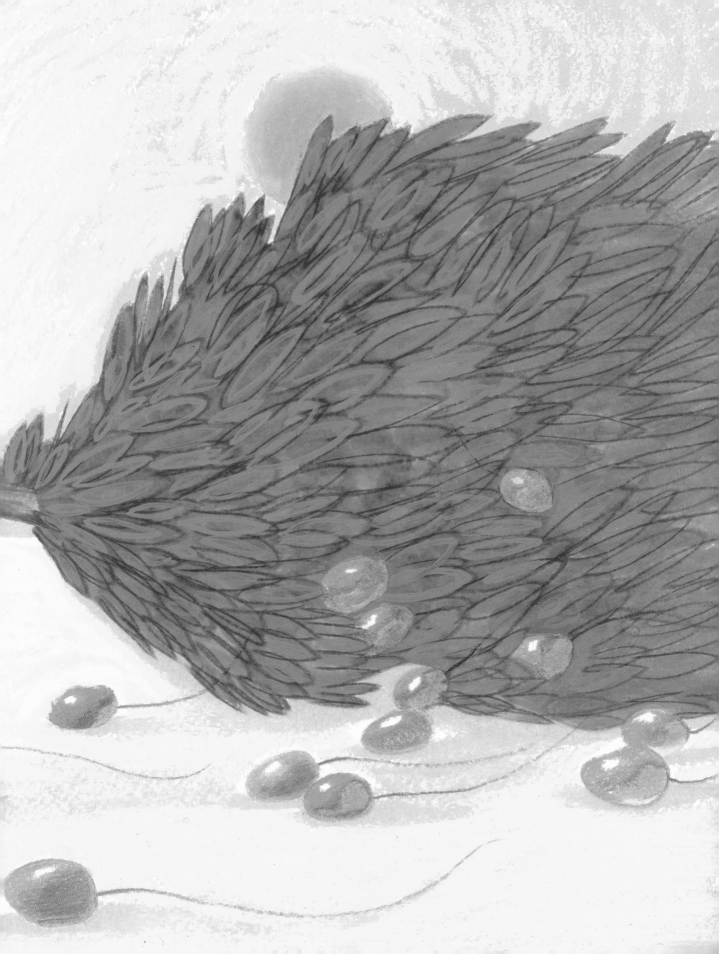

「還唱？」佩佩先生氣炸了：「你已經沒有樹了，記得嗎？」

「我沒有樹，」公雞說：「但我還有母雞和小雞，我怎麼能不唱歌？」

「如果我把你關進籠子裡，只有你，你還會唱嗎？」佩佩先生威脅他。

「那我的歌可能會多了一點寂寞，」這隻固執的公雞說：「不過我還是會唱。」

　　　　　　　　　　他真的這麼做。

咯 咯 咯 ！

「你為什麼還在唱？」佩佩先生憤憤的說：「你已經沒有母雞和小雞了。」

「沒有母雞和小雞，」公雞嘆了一口氣：「但我還有玉米可以吃，我怎麼能不唱歌？」

「如果你再也沒有玉米了呢？」鎮長問。

「那我的歌可能會多了一點飢餓，」這隻堅強的公雞說：「不過我還是會唱。」

他真的這麼做。

咯 咯 咯 咯！

「你這個瘋子，你不餓嗎？」
佩佩先生尖叫著問。

「當然，那還用問。」公雞說：「但如果不管世界有什麼問題，太陽還是照耀著我們，我怎麼能不唱歌？」
「如果你**永遠**看不到太陽了呢？」鎮長咬牙切齒的說。
然後他跑去拿一條毯子來蓋在籠子上。
「那我的歌可能會多了一點黑暗，」這隻勇敢的公雞說：
「不過我還·是·會·唱。」

他真的這麼做。

咯　　咯

咯 咯 ！

當公雞的歌聲迴盪在拉巴斯寂靜的街道上，喚起了人們過去曾經有過的、一種熟悉的渴望，那時候每個人、每件事都有一首歌可唱。

除了佩佩先生以外。
歌聲讓他消化不良。

第二天，佩佩先生穿著睡衣、歪歪倒倒的走進院子裡。他扯下毯子，哀求著說：

　　「你已經沒有樹可以做窩，
沒有母雞和小雞給你安慰，
沒有穀子可以填飽肚子，
沒有太陽可以趕走陰影。
到底**為什麼**你還要繼續唱啊？
只要你答應不唱了，我就**放你自由**！」

一個接一個，沉默的群眾開始聚集在佩佩先生的院子裡。

「我是為了那些不敢唱或忘記怎麼唱的人而唱，」公雞說：「如果我必須為他們而唱，先生，我怎麼能不唱歌？」

「那如果我把你煮成湯呢？」鎮長狂吼：「我猜你就算**死了**也還是會唱？」

整個小鎮屏住呼吸，等待公雞的回答。

他說：「死掉的公雞不會唱歌。」

「哈！」佩佩先生很得意，他相信自己贏了。

「可是，有一首歌比一隻又吵又小的公雞更大聲，比一個霸道的鎮長更有力量，」公雞說：「它永遠不會消失——只要還有人唱它。」

真的有。

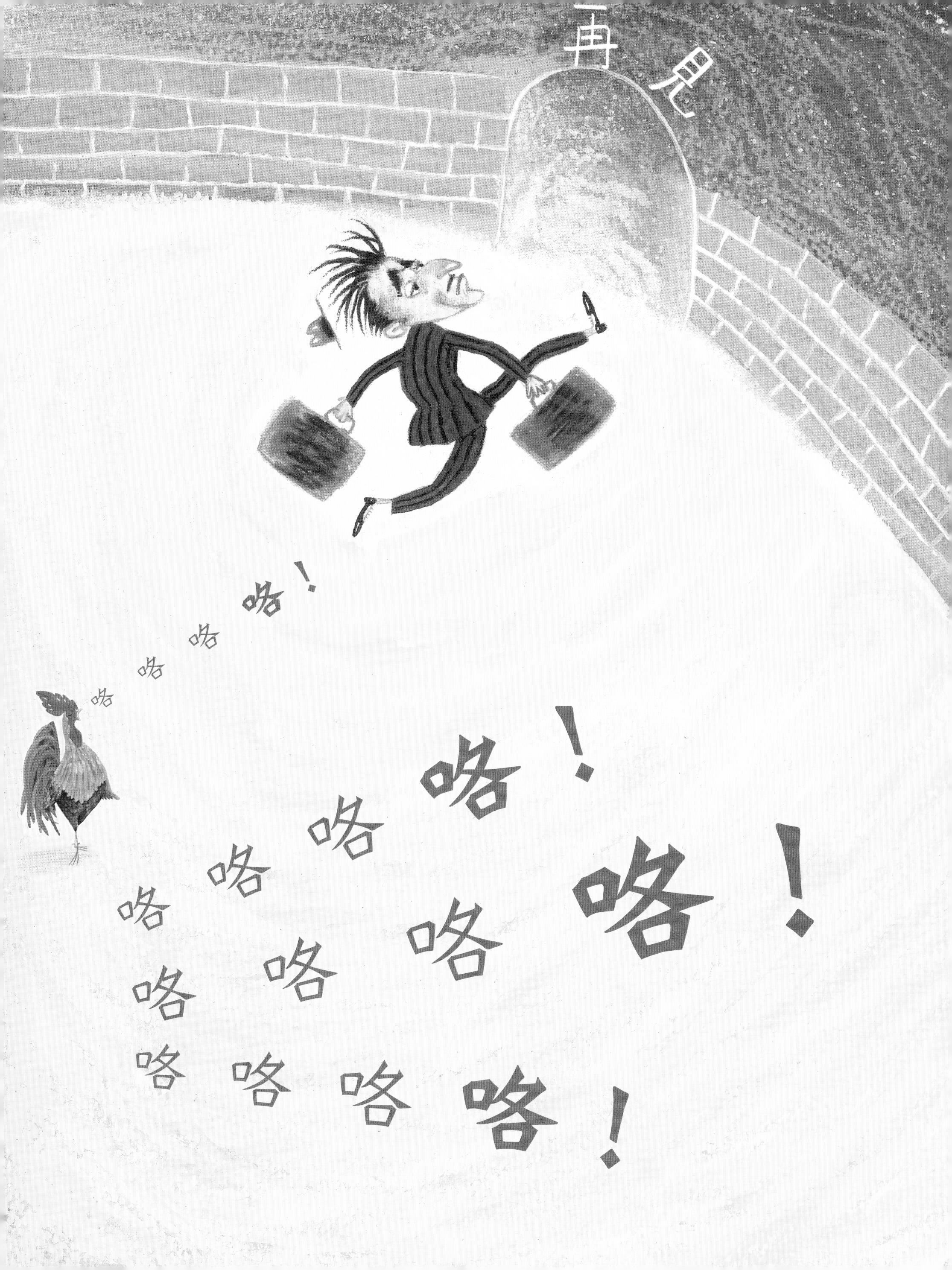
再見
咯咯咯咯！
咯咯咯咯！
咯咯咯咯！
咯咯咯咯！

從前，有一座小鎮，
從早到晚，街上充滿著各種聲音。
生活在這裡會覺得這個地方很吵。
而這正是每個人都喜歡的樣子。